KB040091

세월호 희생자 어머니의 시

너에게 그리움을 보낸다

세월호 희생자 어머니의 시

너에게 그리움을 보낸다

유 인 애 시집

굿
플러스
북

차례

차례

저는 혜경이 엄마 유인애입니다.

4월의 하늘은 검게 덮이고, 지면은 낭떠러지 되어 한 서린 생을 걸게
하였습니다.
그 엄마는 수학여행 떠나는 날 아침 "잘 다녀와" 하며 안아주던 포옹
의 토닥임을 사무치는 그리움에 되돌려보지만, 그 여백에 줄 서지 않
아도 보고픔, 미안함, 죄, 간절함, 슬픔의 가눌 수 없는 마음의 시린 단
어만이 채워집니다.
삼라만상을 채워도 행복했던 울타리의 혜경이 자리는 메우지 못하는
현실에 천륜지정 봇물 터지듯 휩쓸려 내려가 감당하기 힘든 흔적 허
허로운 밤을 매일 애달픈 사랑을 까맣게 쓰며 불러보고 안아봅니다.
이러지 못하면 억누른 마음을 견딜 수가 없습니다.

어느 날 동생이 이야기하더군요. '언니 너무 슬퍼하지 말고 잊지 못하
는 사랑을 글로 써'라고. '그러면 마음의 치유가 될 것 같다'고. '다른 방
법은 없어'하며 권유하기에 시작된 엄마의 마음입니다.

1부

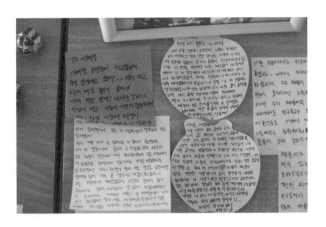

뒤돌아보아도 아프다

뒤돌아보아도 아프다.
시간을 가슴에 짓이겨 뭉갰지.
멈추어도 아프다.
시간을 어미 발꿈치로 짓밟고
한 발짝 떼어도 아프다.
시간은 뇌리에 정박해 있다.

2014. 4. 16

사랑하는 딸 앞에서
죄 많은 엄마는 눈물만 보인다.

근조 리본

살다보니 내 가슴에도 달리는구나.
편하고 예쁘게 영면하여라.
생을 마감할 때까지 슬픔이 출렁인다.
아빠 엄마니까 당연한 걸
우리 곁을 떠난 지 1년 넘기고 또 수개월
방문에 붙여진 애도의 리본
방문은 언제나 열려 있다.
해지는 저녁이면 환한 등을 켜준다.
아직도 함께 있으니까.
이 목숨 밑바닥에 내려놓을 때
애도하는 마음을 거두리라.
편히 잠드소서. 내 사랑하는 그리운 딸아.

나는 분향소란 단어를 조금 다르게 표현해 보고자
다른 시각으로 써본다.
분-향기로울 분, 향-울림(퍼지는 의미로), 소-일정한 곳이나 지역.
이런 의미로 사랑스런 아이들이 아무것도 모르고 그저 사랑하는 가족과
통한의 이별을 해야만 했던 아픔을 조금이나마 아름답게 표현하고 싶었다.
그래서 억지스럽지만 글이란 누구나 다른 감성과 이해의 폭이 있다고
생각하기에 내 나름대로의 생각을 정리해 보았다.

분향소(芬響所)

여기 이곳, 사랑했던 아들과 딸의 영정이 숙연하다.
맑고 순수한 영혼이라 향기가 울리는 곳
꿈을 향해 질주하던 친구 친구 친구들
한 걸음 두 걸음 내딛어 꽃망울 피운다
향기가 퍼진다.
우리가 영원히 기억할 단원고 숨결
하루가 가고 한 달이 가고
봄 여름 가을 겨울이 돌고 돌아도
미안해서 잊지 못한다.
그대들을 가슴에 고이고이 담는다.

딸의 사망신고

'아비'의 정, 온 몸이 사시나무처럼 떨린다
너무 갑작스런 비보는 부녀의 장막을 무너트리고
오십 평생 와서 한(恨)을 새긴다
'부모'라는 갖고 싶은 두 글자 살며시 덤으로 주더니
이토록 통렬히 찢기는 가슴에 너를 담아
세상과 이별을 고하는 구나
내 손으로 너를 지워야 하는 죄책감
하염없이 미안해서
눈물이 손에 쥔 용지를 적신다
진정 이 손이 싫구나
생을 돌고 돌아도 만날 수 없는 인연
만남의 회포를 가져보는 세상이란
꿈에서나 볼 수 있을까.

우리 혜경이가 아침에 캐리어를 들고
수학여행 잘 다녀오겠다며 나가는 것을 내가 불렀다.
아침 설거지를 하고 있던 내 등 뒤에 와서는 조용히 '엄마 왜~?' 하고 물었다. 난 설
거지를 멈추고 고무장갑을 벗은 뒤
'으응 수학여행 잘 다녀와~. 재미있게~.' 하며 안아주었다.
그것이 사랑하는 딸의 체온을 마지막으로 느껴본 짧은 순간이 되고 말았다.

마지막 포옹

지그시 눈을 감는다.
그날의 아침 속으로
잃어버린 순간을 잡는다.
그날 아침 딸과 나의 짧은 시간
살포시 감싸 안은 그날 아침
부엌에서의 포옹 장면
나는 한 장의 각인된 수채화를 완성했다.
사랑스럽게 안아주고
사랑스럽게 안겨주던
따뜻한 심장이 맞닿은
엄마와 딸의 마지막 포옹

어린 자식 눈앞에서 눈뜨고 먼저 보낸 난 누가 뭐래도 죄인이다.
작은 일에도 하나하나 미안했던 일들이 묻어나온다.
밥술 입에 대는 것도 미안하고 편히 잠자는 것도 미안하다.
모든 것이 미안해서 지금은 그저 한없이 죄스러울 뿐 다른 생각이 없다.
다른 엄마들도 다 같은 마음의 병을 앓고 있을 것이다.

엄마 마음은

하늘같은 넓은 천으로도
이 많은 죄를 가릴 수 없다.
따뜻한 바람 선선한 바람 세찬 바람에도
너를 향한 미안한 마음이 떨어지지 않는다.
비 오는 날 먼지 씻기는 베란다 창에도
내 마음 창에도 온통 그리움만 비친다.
불쌍하다, 어린 너를 어이 잊을까.
한평생 한울타리 엮으며 웃자했는데
내 마음 그루터기는
죄인으로 깊이 새겨졌다.

아 세상을 등지고 싶어.

'단근질'은 불에 달군 쇠로 몸을 지지는 일,
곧 낙형(烙刑)을 뜻하는 것으로 알고 있다.
난 이 말이 세월호 엄마들의 상처를
가장 적절하게 표현해주는 단어가 아닐까 생각되었다.

단근질의 세월

내게 고통과 상처와 일상은
딸내미가 세상 인연을 놓는 순간,
오직 거기에 가 있다.
겨울 추위가 매섭게 내 몸을 휘감아
허허롭게 생각을 훔쳐도
어미 가슴에는
애절한 딸내미 생각
오직 거기에 가 있다.

어린 자식 먼저 앞세운 죄
깊이 페인 상처 곳간
영원불멸의 단근질이 되었다.
그래도 어찌 어린 딸 가는 길만 하겠나.
험난했던 그 길을
어미가 대신해주진 못했으니.

투박하게 입고 있던 옷을
이제는 한 겹 한 겹 훌훌 내려놓아도 춥지 않다.
바람은 부는데 찬기를 느끼지 못하는 것은 봄이 오는 것일 게다.
꽃피는 계절이 오지만 그 꽃이 아름답고 예쁘게 느껴지겠는가.
우리네 마음과 생각은 아직도 고난의 길을 당한 딸 아들이 옆에 있는데….

밀치고 싶은 봄

2월 끝자락 하순.
칼바람이 분다.
그러나 겨울 길목의 바람은 아니네.
투박한 말처럼 거칠게 다그친 겨울
한기 서린 가슴엔 그저 무감각이었지.
이제 훈풍이 오려고 걸음마 뗴었는가.
오지마소, 오지마소.
우리네 켜켜이 쌓인 그리움
손길 닿던 따뜻한 체온
꽃피는 계절 어이없이 흩날려 보낸
딸의 흔적 고리잖소.
계절 한 바퀴 돌아오는 이 봄엔
여식이 없소이다.

부덕한 탓

세상을 부모라는 몸으로 입었지.
아비는 60을 세 치 앞에 지목해 놓았고
어미는 50을 두 발짝 넘긴다.
세상 옷 걸치고 사는 동안
서로 어우러지는 옷을 입었지.
더러움 칠하지는 않았는데
아비 어미는 부덕함을 토한다.

어찌 잘못 살았기에
눈앞에서 꽃피워 보겠다는
여식 앞세우고
천벌 받을 고통 주지 않았는가.

아비 어미 부덕한 탓.
세상 옷 제대로 깁지 않은 죄
육신을 도려내는 고통
고스란히 감내하라는 벌 아닌가.
죄인, 죄인, 죄인 눈 감는 날
사랑스런 어린 딸
손 내밀어 맞잡아 줄는지….

나에게

슬프지?

그래 슬퍼!

슬픈 건 네 몫이야. 너도 알아야지.
어린 딸의 공포를 네가 어떻게 알겠니?
아무것도 모르는 천치바보
넌 멍에와 굴레를 벗어나면 안 돼.
칭칭 동여 메어 할퀴고 쑤시고 처박혀야 돼.
아픔, 고통, 학대, 그 무엇이든
고스란히 소리 없이 받아야 돼.
지금도 네 오른손 엄지와
검지 중지에 닿는 말랑말랑 감촉
아기 피부 같던 딸내미 왼쪽 볼이
숨 쉬며 살아있지?

걱정 마.
내 새끼 그리워하며 내 몸을 쥐어짜는
나날의 굴레를 풀지는 못하니까.
마음에 한줌씩 덕지덕지 씌워주렴.
그래야 내 몸이
미안하고 죄스러움을 조금은 씻을 것 같으니.

떠나갔다.
그리고 1년 5개월이 지나고 있고 소소했던 일들이 가슴을 후빈다.
그러잖아도 되었을 일들이 있었을 텐데, 누구나 그땐 그렇게 하는데,
세상에 태어나 커가다 보면 다 그렇게 크는데….
착하게 잘 자랐는데도 한두 번쯤 야단친 적이 왜 이리 아프니.

후회

내 곁에 있다는 것
그것이 가장 아름다운 존귀함임을 안다.
알면서도 화 낸 적 있다.
어른이라는 이유로
어린 네가 옳았을지도 모르는데
옳았을지도.

떠난 후에야 네 빈자리에서 하나둘씩
새까맣게 지워졌던 일이 떠오른다.
누군가 확성기를 대고 말하는 것처럼
너도 그맘땐 그랬어.
조그만 틈새 바람이
어느 샌가 더 벌어져 휙 머릿속을 친다.

눈높이를 맞추지.
그때 엄마는 왜 그랬을까.
네가 사라진 지금에서야 그걸 깨달았을까.
미안해 미안해, 사랑하는 딸아.

엄마의 눈물

사진 속 딸내미 머리를 쓰다듬는다.
한 가닥씩 한 가닥씩 내 손이 지날 때마다
생전에 느껴지던 머릿결
손끝이 아주 찼던 딸, 손가락에 내 손을 댄다.
엄마 온기 느껴보라고
예쁜 눈, 긴 속눈썹 뷰러하고
언제나 나를 바라보며 웃었지.
금방이라도 껌벅거릴 것 같은데
오똑한 코로 가끔씩 찡긋하던 버릇
지금은 하지 않는구나.

작은 입술선 따라 엄마는 그린다.
딸보고 이야기하자고
목소리 들은 지 언제일까 먹먹하다.
어느 한곳 놓치지 않고 어루만진다, 매일매일,
"사랑해 혜경아
미안해 엄마가 만날 때까지 잘 지내고 있어야 해" 하며
엄마는 운다.
딸이 웃고 있는 사진 앞에서

그늘이란 단어는 여름날의 시원함을 가장 먼저 생각한다.
난 사랑했던 어린 딸을 보내고 참혹하게 아픈 그늘 속에 있다.
꼭 안아주고 싶은데 없다. 내 곁에는.

500일 추모행사

500일의 그늘은 변함없이 마음을 읽을 줄 안다.
세월호를 잊지 않을 거라고 한다.
진실은 침몰하지 않을 거라고 한다.
그 어우러진 일사불란한 군무(群舞)
난 딸을 보았다.
눈물이 주룩주룩 거침없이 쏟아진다.
살아 있었다면 그 속에 너도 함께 했을 거라고
군무에 겹쳐진 너에게 닿지 못하는 이 간절함
미친 듯이 외치고 싶었다.

고개 숙여 손에 든 촛불 컵을
눈물 그렁한 그림자로 내려다본다.
자신을 조용히 태우는 촛농의 눈물을 본다.
컵 안의 세상을 훤히 밝힌다.
나처럼 밝혀보라고
고개를 들어도
고개를 숙여도
참혹한 아픔의 그늘이 나를 채운다.

성년의 날

혜경이도 성년식인데….
언니가 말하는 20살입니다.
다 컸네, 다 키웠어.
자기 행동에 책임이 뒤따르는 거야.
사랑해, 하며 장미꽃다발 한 아름
딸에게 안겼을 아빠의 20살입니다.

오늘도 꾸역꾸역 먹혀버리는
세월먹통 속에서 미안하기만 한 네겐
'미래가치관 입성판 뷰티'
두 글자에 홀린 딸
멋 부리는 고2 딸
거기에 기다리고 서 있는
어미란 이름의 20살입니다.

곱게 물들인 자신만의 향수
색색이 꽃마다 묻혀
화사하고 예쁘게 자랐던
내 곁을 떠나기 전의 모습들
반짝반짝 잘 보입니다.
내 곁을 떠난 후의 모습
지금 함께하지 못합니다.

그런 20살입니다.

영원히 올 수가 없는 20살입니다.

1학년 때 9반 담임이었던 길 선생님,
선생님은 아이들을 잊지 못해 쉬는 시간마다 교실로 다니며
아이들과의 기억을 회상하신다.
선생님도 사랑하던 제자들과 재미있고 행복했던 시간이
이젠 아픈 상처로 남게 되었다.

선생님의 사랑이야기

시간은 뭐가 좋은지 째깍째깍
초, 분, 시간, 하루, 한 달, 반 년
세월을 읽고 있다.
시간이 읽고 있는 세월,
이곳은 정지된 슬픈 이야기
눈 깜짝할 시간도 아깝구나.
수학여행 떠나기 전,
서로 꼭 안았던 모습
1학년 때 첫 야자수업 후,
호신용 스프레이 줬던 기억

애기처럼 어린 너의 모습
내 마음의 동영상이 되었고
추억은 몇 줄의 이야기로 쓰여
시간은 투박한 감정으로 읽힌다.
사랑스런 혜경이 꽃
언제나 늘 사랑한다.
멈춰버린 시간 속 사랑을 놓는다.
책상 위 작은 꽃 화분
아이들 찾아 사랑담소 나누는
길 선생님의 슬픈 사랑 이야기

중학교 때 아주 친하게 잘 지냈던 벗들이다.
이렇게 정성스레 생일축하를 만들어 주어서 너무나 고맙다.
시간이 흐르면 잊히겠지만, 그래도 잊지 않고 기억해주었으면 좋겠다.

설아의 동영상을 보고

다정했던 너희들 이야기구나.
엄마 기억으로는 정말 징한 벗들이지.
동영상 속 생일 축하는,
보고 싶어 한숨 쉬는 '땅꺼지네 콩나물'
항상 기억하고픈 마음 속 추억의 콩나물
친구 떠난 빈자리에 그리운 콩나물
오선지 악보에 따뜻하게 그려두었지.

너 없는 지금
한쪽 귀퉁이에 쪼그리고 앉아 우는 콩나물
오선지 악보에 힘겹게 걸쳐 두었다.
부드러운 케이크 달달한 맛 콩나물처럼
오선지 악보에서 흐뭇하게 웃는 너
사랑하는 마음 담고 담아
오선지 악보는 생일 축하송을 울린다.
케이크처럼 동영상도 처음이자 마지막
너를 기억하는 작품이구나.

속임

세상을 제대로 보지 못하는 어른
세상에 묻고자 휘두르는 힘
세상을 가슴 조이며 살려는 거짓
풀어줄 한, 동강동강 잘라 놓는다.
세상을 눈속임 하려는가.
위에서 다 보고 있다는데
꿈에서 말을 한다.

어슴푸레 어둑어둑 밤이 내릴 때
주위의 불빛은 말하지.
검은 속을 거두려 한다고
그날의 세월은 멈추지 마라.
한줄기 빛이 되어
어둠의 뒷그림자 저벅저벅 나오도록

세월아 세월아 세월호 불러라.
목청껏 피터지게 아낌없이 부르렴.
아이들의 피맺힌 한을 풀어야지.
세월아, 망각을 걸치지 마라.
꽃다운 250넋 가엾구나.
꿈에서 얘기를 한다.
위에서 다 보고 있다고

맹골수도

노란 부표가 떠 있다.
사랑하는 딸내미 있던 자리
몰아치는 가쁜 숨
이내 풀썩 힘없이 내려놓은 손
그 자리
아빠 엄마 일년이 되어서야
그 숨결 일었던 여기에 왔다.

선회하는 배 위에서
딸내미 혼자 홀연히 올라온
어린 영혼 고통의 자리
헌화하며 사무치는 그리움
눈물로 배회한다.

돌아서야만 하는 길
야속하고 매정한 이 엄마
딸내미 천사 날개가 묻혀버린
통한의 바다가 보이지 않을 때까지
눈물로 작별 인사를 한다.
일 년이 지난 오늘도 멍청한 이 어미는
하염없이 맹골수도만 응시한다.

그 길

아비도 걷지 않고
어미도 걷지 않은
길이 하나 있다.
그 길
살아생전
우리에겐 보이지 않던
그 길

어린 꽃잎 떨어진다.
차디찬 바다 속으로
안간힘의 눈물이
바닷물과 뒤섞이며
사랑하던 예쁜 딸이
기어이 떠나고야 말았던
그 길
돌아서도 되돌아서도
발걸음 옮길 수 없는
그 길

어린 딸이
아비보다도 먼저
어미보다도 먼저

앞서 간 그 길

올바르지 못한 자의
만행 그림자에 가려진
그 길
내 딸 혜경아
너를 먼저 들어서게 해서
미안해, 미안해….

환생

다시 태어나기를
두 손 합장해 소원합니다.
이 어미 속에 있던 모습은 아니더라도
혹여 스쳐 지날 때
그리움 살며시 답해주고
가던 길 뒤돌아 한 번만이라도 웃어주오.
만남이 그리 쉽진 않겠지만
이 몸 세파에 노 젓다 보면
혹여 그런 솔깃 길목 있겠지요.
보고 싶은 마음은 늘 가슴을 찢습니다.
인연….
이토록 질기고 아플 줄 몰랐습니다.

2부

첫 페이지

딸을 처음 내 품에 안은 날의 첫 페이지
'정상입니다.' 라고 첫 줄을 썼다.
몇 줄이 쓰였을까, '황달이네요.'
겁이 덜컥 나고 엄마부터 퇴원하란다.
딸을 잃고 나를 휘감는 시간의 테
흐르는 시간이 아니다.
처절하게 내게로 안겨
또 모지게 부모와 헤어지는
낭떠러지로 보냈다.
그 순간부터 거꾸로 흘러
어느 순간 솟구치고 솟구쳐
나를 베는 잠재된 기억의 고리가
엄마라며 아기랑 함께 퇴원하라고
채찍을 가한다.

미안하다 미안해.
엄마는 이제껏 긍이랑 살면서
첫 페이지 글을 생각해보지 않았구나.
그런데 말이다, 우리 딸 빈자리
소중히 아껴 담아 간직하라고
기억은 엄마를 뒤흔들어 세운다.

하염없이 흐르는 한 서린 눈물엔
보고 싶은 딸내미가
태어난 그날의 아기가 보인다.

아직도 몇 가지의 아기용품이 그대로 남겨져 있다.
모두가 성인이 되면 보여주고 싶다는 생각으로 보관했다.
배냇저고리, 기저귀는 그냥 기념으로 두 개와 포대기, 외출 때 안는 싸개 이불 등
고스란히 배어 있는 아기모습이 보인다.
이렇게 슬프게 보려고 남겨둔 것이 아니었는데…

배냇저고리

오늘 장롱 서랍 속 깊숙이 흔적을 찾아 눈과 손을 빌린다
신생아 때 입었던 배냇저고리, 두 벌이 예쁘게 개어져 있다
큰 아이 입히고 작은 아이도 입혀서 앞섶부분이 누런 배냇저고리
손을 쫙 펴서 재어보니 한 뼘하고 반 정도
요렇게 작았구나.

얼굴 대보며 17년 전 아기였던 너의 냄새 맡는다.
아기분과 젖 냄새, 분유냄새
그 냄새를 애써 찾는다.
내 분신이었고 내 사랑을 한없이 준 아기
요 배냇저고리 다시 입히면 좋으련만
지난 흔적만 아련하게 끌어낸다.
그래도 이 순간 배냇저고리 입은 아기는
내 품에서 새근새근 자고 있다,
사랑해 아가야….

소리

콩닥콩닥 쿵쾅쿵쾅….
가슴에 대어준다.
들리니?
가만히 귀 기울여 줘.
엄마 소리야.
쿵쿵쿵쿵 쿵쿵쿵….
내 뱃속 꼬물꼬물 쑥쑥….
자라는 작은 심장소리
엄마 딸 소리야.
지금도 기억이 생생하구나.

그리움을 손에 넣고
따뜻해진 핸드폰 영상
우리 딸 숨 쉬는 것 같아
가슴에 댄다.
엄마야, 엄마….
차가워지기 전
우린 뜨겁게 교감(交感)한다.
그립고 그리운 딸과
참 못난 엄마는….

자장가의 기억

등에 업힌 아기가 운다.
조용조용 자장가를 부른다.
새근새근 이쁜 아기
너의 호수에 빠진다, 나는

아기가 운다.
밤하늘 보며 부른 별
엄마가락 따라 스르르
너의 세상 속으로 잠든다.

토닥토닥 네 등을 토닥인다.
잘 자라, 아가야.
세상 근심 다 버리고 쑥쑥 자라라.
어느새 꿈나라 천사
잘 자라, 우리 아가 우리 아가.

엄마의 보따리

엄마는 보따리에 사랑을 담고 있습니다.
열 달을 한 몸 되어 행복하게 보낸 순간
'세상은 도전해 볼 수 있는 꺼리가 있단다.'
'잘 알겠습니다' 속삭이던 말

세상구경 첫 발을 담던 순간
개월 수 대로 커가던 나날들
옷장 깊숙이 보관해놓은 배냇저고리
코끝을 대보며 어찌 안아야 할까
조심스러웠던 순간

엄마의 보따리엔 과거로 돌릴 수 있는
사랑인증이 있다.
세월이 흐를수록 초로해지는 엄마
가슴에 안고 가는 사랑보따리 버거워지나
그래도 딸을 만날 수 있는 길은 가까워지니
그다지 힘들지는 않겠지.

별의 탄생

나 홀로 숨을 고르게 내뱉는다.
적막하다.
아무것도 손에 잡히지 않는다.
한 움큼 쥐어보았자 빈 손아귀
힘만 잔뜩 주고 있다.
내 마음 공간을 헛짚하고 있다.
내 등에 슬그머니 다가왔지.
두 팔을 내 옆구리에 끼어
엄마 등짝이라고 얼굴을 옆으로 기댔지.
"아이, 좋다 좋아."
혜경이가 찰싹 달라붙는다.

"엄마가 좋아."
"예쁘게도 안 생겼는데 엄마는"
등 그네를 살살 흔들며 말할 때
"우리 엄마니까 좋지요."
나 홀로 깁는 공간은
따뜻한 혜경이 체온이 느껴진다.
우리 혜경이 유년 속에 담겨진 모녀의 정
하나하나 또박또박 떠오르는 별이다.

눈물

공허한 마음의 밭엔 슬픈 통곡
한 고랑 두 고랑 헤아릴 수 없이 심어졌네.
따뜻이 감싸 안은 애끓는 모정의 전답(田畓)
사랑했던 씨앗 곱게 곱게 뿌렸네.
행복했던 순간들을 아름답게 뿌렸네.
야단쳤던 미안함을 후회하며 뿌렸네.
그리움의 여운은 고랑과 이랑을 잇고
내 마음은 홍수가 일고 있네.
오늘도 주르륵 얼룩지는 딸내미
두 줄기 빗물이 하염없이 내려
턱 끝에선 줄기가 몽글몽글
힘없이 발등 아래 내리 꽂히네.
아! 가슴 찢기는 목메임

아빠는 새우잡이

넌 새우를 참 좋아했지.
오이도에 해물칼국수 먹으러 가서도
"새우네, 이건 긍이 꺼"
아빠는 긍이표 새우잡이
병원에서 나와 새우튀김 먹고 싶단 소리 듣고
아빠가 장봐서 손수 씻어 살짝 데쳤지.
하나하나 껍질 벗기며 "조금만 기다려"
사랑하는 딸 좋아하는 모습 그렸지.
예쁜 접시에 담아 "긍아, 많이 먹어!"
아빠는 정성 애틋한 새우잡이
외식하는 날
"긍아, 새우볶음밥 먹을래?"
아빠는 긍이표 메뉴 새우잡이

네가 떠난 후 새우잡이 아빠는
제사상에 새우찜 올려놓는구나.
작은 딸내미 그리워하며 아빠는
"새우잡이를 할 수 없어서 슬프다."
"아빠가 너를 많이 사랑한 거 알지?"

아빠는 늘 너희들 편에 서서 눈높이를 맞추었지.
아빠가 새우 손질하며 좋아하던 모습 생각나는구나.

퇴원 했을 때 뭐 먹고 싶은 거 말해보라고 했잖니?

초장과 함께 네가 먹는 모습 보며

"아빠 잘하지? 많이많이 먹어~" 하던….

동생과 추억읽기

동생아 세상 어디 꼭꼭 숨었니
언니랑 너랑 시간여행 해볼까
곰곰 묻는다
사진 속 어린 우리 모습 보았니
시간은 멈춰 너의 모습 귀요미
송송 보이네

동생아 어디쯤 오고 있니
영화도 봐야지 음악도 듣자
좋아하는 감자튀김 녹차
언니가 한 턱 쏠게
예쁘게 예쁘게 사랑별 빛나니
세상 사랑으로 감싸주느라
기다려도 오지를 못하는 구나
내 동생.

언니의 사랑

사랑하는 마음은
어떤 형태로든 잠재되어 있다.
잠재된 사랑이
어느 순간 자신도 모르게
입으로 손으로 행해질 때
혼잣말로 자신을 위로한다.
둘에서 하나인 외톨이로
어느 날 갑자기 정해져버린 언니,
다시 만나지 못하는 동생 소식 접하며
수화기 너머로 새어나온
남겨진 언니의 첫마디
"있을 때 잘해줄걸…."

수학여행 가기 전 외식하고
앞서 나란히 걷던 밤길 위 두 그림자
어둑한 밤도 더 이상 그리질 못한다.
동생을 떠나보내고 언제나
가슴에 안고 있는 그 사랑이란
'세 개' 놓이는 숫자다.
한순간 '왜? 세 개?'
언니는 반문하지.

그리곤 이내 아─ 하며 말끝을 흐린다.
언제나 네 식구가 자리매김 했으니까.

비 오는 날의 기억

마지막 가을비인가보다.
추적추적 내리는 처량한 비가
기억이라는 고갯마루 꼭대기에 서 있다.
우리가 시간을 녹여 만든 비 오는 날의 자화상
가만히 눈을 감고 바라본다.
캄캄한 어둠 속 기억의 언저리는 환하게 비춰지고
깨끗한 영상은 내 마음을 가둔다.
여름날 태풍과 국지성 폭우도
행복하게 여행하는 우릴 비집고 들이치진 못했다.
하얀 밀가루 폴폴 날려 머리와 얼굴엔 희뿌연 안개
어린 딸들과 수제비와 칼국수 미는 거실 풍경도
비가 몰고 온 우리 가족 추억 만들기였다.
바람 불고 우중충 궂은 날
내 마음 속에 가둬둔 영상, 생기 있는 기억.

우리 긍이 아주 먼 길 보내놓고는 여름 과일 수박이 눈에 들어와도
손길 한번 주질 않는다.
남들은 한 덩이 사 가며 웃지만 우리는 수박을 포크에 찍어
거실에서 해맑게 웃으며 먹던 딸내미가 생각나 사지를 않는다.
긍아, 수박 먹어야지….

수박

뜨거운 여름날
쫘악 갈라지는 소리
단물과즙이 줄줄 흐르는
주홍빛 속살
큼직하게 한입 넣고
아, 달다!
다니?

여름이 안겨준 갈증을
땀방울 송글송글
머리 밑으로 미끄러질 때
네모썰기 모양에 잠시 맡겼던
우리 긍이가 너무 좋아한 수박

이 여름날
우리 긍이 엄청 먹고 싶을 텐데
이제 그만 여행 끝내고 오너라.
오늘
엄마 아, 더워!
현관문 열면서 말해 보거라.

궁이는 녹차를 너무 좋아하는 여고생이었다.
아이스크림도 녹차요, 음료도 녹차다.
우리가 '무슨 맛으로 먹니?' 하고 물으면 '다이어트에 좋아서' 하고 대답했다.
요즘처럼 날씨가 서늘한 가을에 따끈한 커피를 마시고 싶을 땐 녹차를 타서 마셔본다.
생각하면 할수록 새록새록 떠오르는 딸의 그림자를 좇으며 보고 싶고 그립고 얘기하고
싶다. 함께 있을 수만 있다면 얼마나 좋을까? 모든 게 그저 허상으로만 그려진다.
그런데 우리 궁이는 녹차에 기억력이 좋아지는 성분이 있다는것도 알았을까?

녹차

나에게 너무도 예쁜 딸내미
나에게 너무도 아름다운 딸내미
나에겐 지금도 가녀린 작은 딸내미
가슴엔 시리고 저린 그림
내 안엔 수천 갈래 애끓는 모정
어디에도 내려놓을 수 없다.
사랑해요, 미안해요.
그리워요, 보고 싶어요, 안아보고 싶어요.
쪼르륵 쪼르륵 채운다.

녹차 한 모금 마시고 눈을 감는다.
딸내미가 웃는다.
또 한 모금 마시고 눈을 감는다.
배시시 또 웃는다.
네가 만든 하얀 도자기 컵 손잡이 꼭 쥐고
허공을 올려본다.
웃고 있다. 왕방울 눈과 커다란 입
살며시 내려 입가에 댄다.
녹차를 좋아했던 딸내미와
따뜻한 입맞춤 한다.

출근길.
눈에 들어온 민들레홀씨를
점심시간에 만나다

민들레홀씨

민들레홀씨 살짝 잡아당겼다.
웅크려 앉아 뚫어져라 본다.
햇살에 타오르는 옛 추억 떠오른다.

입가에 힘을 모아
후우-후 후우-후
마지막 달린 홀씨
단숨에 불어 언니 홀씨 날아간다.
어, 근데 이건 불어도 떨어지지 않네.

손에 쥔 탁구공 민들레 홀씨
후우-후 엄마도 분다.
하나는 꼭 남는가보다.
그 하나 입김에 날리면서 눈물이 찬다.

햇빛에 어우러진 바람결 따라
날개 달린 홀씨로 멀리 가거라.
홀씨마다 어린 마음 뿌려다오.
서로 마주보며 불던,
어, 이제 여긴 없다.
해맑게 웃어보이던 얼굴

매년 어디에서나 나에게
그리움의 빈자리 채워다오.
끝내 바래지지 않게 색칠 해다오.

그리운 손길

눈썹 몇 개가
이마 아래에서 양쪽으로 길게 휘날린다.
유난히 밤을 좋아하는 몇 가닥
얼굴 정 중앙 기둥 미로 숲
나이 읽는 모습을 담아야하는 것일까.
아빠 자화상 일부분 밑그림들

거실에 누워 계신 아빠 곁에서
아이 지저분해 하는 말도없이
가만가만 쪽가위로 손질한다.
그러면서 한마디 말했는데
"아빠 콧구멍 크다"
"긍아, 동전도 넣을 수 있지 않을까?"
부엌에서 들려주는 엄마 말에
"그럴지도 몰라"
비유하며 둘러대도
아빠는 좋아서 환하게 씨익-.

코끝에 만지작, 만지작 닿던 작은딸 향기
아빠 자화상 밑그림을 덧칠해주던 딸

참사랑을 들쭉날쭉 변덕스럽지 않게
가지런히 다듬어주던 딸
아빠는 술래잡기의 술래가 되었다.

딸과 가을 사이에서

가을이 움켜쥐던 색감은
그리움 자락 혜경이 뷰티박스
가지마다 달린 잎새
빛과 바람이 전령사 되어
한 닢 두 잎 옮겨 갈 적에
어제 오늘이 다르게 슬쩍 색감을 푼다.
연붉게 단장한 갖가지 나뭇잎들
누구도 따를 수 없는 가을만의 고집으로
갓 시집 온 새색시처럼
수줍어 발그레 붉힌 모습, 앉혀놓은 형태는
보고 싶은 혜경이 손길 매무새
그토록 원했던 색채에 표현을 불어넣는다.
수학여행 돌아와 준비되었던 대회
가을을 모델 삼아 실습하는구나.
혼잣말 하지, 어미가

화들짝 타들어가는 노련한 가을 붓
뭇 사람들은 찾아주고 감탄하는 낯 드리움은
사랑하는 혜경이가 누군가의 마음을 읽어
밝고 생기나는 미소가 함박 퍼지는
아름다운 뷰티아티스트 마술
내 곁에서 생생히 연출할 미래

멀리 아주 멀리 떨어져있지, 너랑 엄마랑
하지만 아주 가까이 내 눈 속에
춥지 않게 내 가슴에 자리하고
지워지지 않는 뇌리에 언제나 동행
피우지 못한 꿈을 가을날 담아놓는다.
네 곁에서 예전처럼 살고 싶다.
혜경아.

달력

서쪽으로 해가 지면 숫자 하나가 지워지고
가만히 달력을 본다.
달력이 채 넘겨지기 전 살며시
'아빠, 나 용돈 다 떨어졌어.'
'알았어, 얼마면 돼?'
소곤소곤 둘만의 협상이 순조롭다.
기다려지는 날이 참 느렸을
아빠의 작은딸 달력은 백지상태

다 지워진 달력을 넘겨놓고는
기다려지는 날 대신하고 있다가
용돈을 슬며시 채워준다.
몇 번을 열어보며 얇아지는 용돈의 무게
만지작만지작 하던 지갑
사랑하는 딸 손때가 묻지 않는 이후론
간절한 두께만 자리를 비집고 있다.

넘겨진 한 달 한 달에 토해버린 소리는
"딸 용돈이야."
무거운 내 목소리 묻어둔다.
엄마의 작은딸 달력은 그렇게 읽혀진다.

재회

널 만나러 언니 손잡고 나선다.
오늘이 추석인데 기억은 하니?
내내 마음속으로 되뇌지.
차창 너머로 널쩍이 보이는 들판
누렇게 벼이삭이 익어 가을이불을 덮고 있지.
잠자리, 코스모스
가끔씩 뙤약볕을 이기려 솔솔 불어드는 솔바람
엄마 딸이 생전에 다 담았던 풍경이야.
그대로 담아 너한테로 가고 있단다.

혜경아, 혜경아.
아빠는 개천절에 오신대.
혜경이꽃에 써놓은 글과 사진 어루만지며
무너지는 모습을 보여서 싫지?
언니도 동생 앞에서 울고
어릴 적, 환하게 웃는 사진
그러지 말란 듯 천진스럽게 마주한다.
그리움의 목마름은 가려진 유리만 쓰다듬다
어느 해 죽도록 우주보다 몇 백배 더 사랑한다고
'엄마 알지'라며 결혼기념일에 써 내린 글
지금은 그 글귀에 눈물을 싣는다.

작은딸 앞에서 엄마랑 언니가 꼭 부둥켜안은 채
회상의 눈물로 추석을 함께 한다.
혼자 두고 또 무거운 발을 떼며
미안해 딸….

언제나

수학여행 가던 날
아침처럼
양팔을 벌리다
살며시 다가가 엄마 냄새 묻혀 주고
거칠거칠 딱딱한 나무 같은 손이지만
따스하게 어루만져준다.
목소리 듣고 싶어 늘 그랬던 것처럼
"혜경아~" 부른다.
으스러지도록 빠져나갈 수 없게
다시는 보내지 않으려고
눈물 속에 그렁그렁 달린 딸을
꼬-옥 안는다.
그 눈물에 비친 모습
두 팔만 내 가슴을 조일 뿐.
억장이 무너진다.

네 식구가 언제나 짝을 이루어 동행하였으나
이제는 형상 없는 빈자리만 동행을 한다. 혼자가 된 하나의 모습은
외롭고 투박하다. 남아 있는 셋은 마음속으로 읽는다.
전에는 이게 아닌데, 그렇지만 언제나 네 식구다.
아픔만을 안고 떠나간 너를 잊을 수가 있겠는가.

짝을 맞출 수 없다

우리 가족 네 식구
짝짝 맞추기 엇박자 되었다.
동행 길 위에는 누군가 외톨이
외로움에 묻혀 딱딱한 나무 걸음
동승하는 차 옆 좌석 혼자 홀연히
남은 셋이 돌아가며 외톨이 한다.
네 빈자리 네가 있어도
짝이 기워진 모습은 찾을 수 없어
슬프고 또 슬펐다.

하이파이브 하며 내 짝이라고
맞장구 칠 너의 빈자리에는
아빠의 애잔한 짝꿍으로 채워지고
엄마 눈물의 짝꿍이 되었다.
언니의 평생 친구지기로
짝짝을 깁는다.
우리 가족은 영원한 네 식구니까.

3부

안양 지하상가에 아빠랑 혜경이랑 함께 쇼핑을 갔다.
마음에 드는 옷을 사 와서 무척 좋아했던 순간을 셀카로 찍어 친한 친구에게
보내주었던 사진을 난 매일매일 보고 있다.

사진 속 혜경이

환하게 웃고 있네.
아무 일 없었던 듯
"엄마 다녀올게."
"혼자 있구나."
한 가닥씩 머리 쓰다듬고
웃는 눈에서 금방 눈물이 나올 듯하네.

환하게 반기네.
아무 일 없었던 듯
뒤돌아가던 발길 다시 돌리네.
오똑한 코, '예쁘다' 동선 그리고,
작은 입 양옆 입 꼬리 살짝 미소
환하게 마중하는 게 변함없네.
검지 중지 V자
아빠랑 혜경이랑 함께 산 옷
예쁘게 포즈 취하고 사진에 남겼네.

우리 딸 교복

너의 냄새가 난다.
아침저녁으로 코를 가만가만 얹는다.
입을 살포시 다물고 깊은 숨을
배가 등 뒤에 닿도록
흠뻑 내 안에 넣는다.
그래, 너구나 보고 싶은 딸
네 의자에 걸어 놓은 동복
목 주위로 감긴 선을 따라 간다.
두 팔을 쭈-욱 빼며
"엄마, 여기 소매 수선해야 하는데…."
네 목소리에 눈길이 그곳에 멈춘다.
아직도 그대로야….

책상 앞 의자 뒤에서
동복 뒤쪽을 어깨부터 아래로 쓰다듬는다.
손바닥에 느껴지는 감촉
난 의자를 조심스레 감싼다.
네가 의자에 앉아 있는 것 같아.
생전의 옷매무새 그대로….
냄새도 맡아보고
얼굴도 묻어보고
단추도 만져보고

딸의 체취를 흠뻑 맡아본다.

참 좋아….

네 손이 꼼지락 꼼지락 닿은 동복….

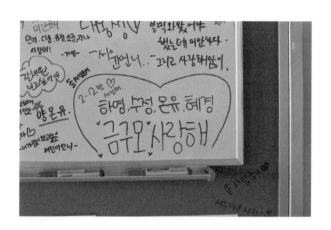

금구모는 금요일에 만나는 1학년 9반 모임이다.

금구모 아이들

우정을 아름답게 꽃피웠다
교정 곳곳 발길 닿는 곳
열정의 씨앗
일 학년 입학부터 흩날렸지
순수한 감성 첨가제 한껏 마시며
꿈이란 큰 그릇에 마음을 꽉 채운
풋내기 여고생 '금구모' 예쁜 꽃들
사월 벚꽃처럼 아름다워야 할 꽃
가슴에 한 서린 채 짓밟혀
세상의 눈길을 사로잡았구나
얼마나 무서운 극한을
떨리는 입술로 불렀을까
아빠 엄마
잊지 않을게 잊지 않을게
단원의 '금-구-모'야

뷰티아티스트

내 딸이 지금 자기 꿈이 뭔지
기억이나 하고 있을까.
네 꿈은 메이크업 아티스트
'아름다워요, 예뻐요' 같은 수식어로
외모에 자신감 주는 색조마술사
들쭉날쭉 제멋대로 열 손가락
예쁜 색동옷에 멋스러운 스톤아트네일
하품 한 번 하면서 한 손을 입가에 대보고
신부 머릿결 따라 곱게곱게 빗겨
한쪽 어깨로 살짝 내려 보는
꿈이라는 첫걸음마 시작했다.
그리고 엄마에게 꼭 해주고 싶다던 꿈
마사지로 주름을 펴주는 것이었다.

"딸아, 잊지 않고 있는 거지?"
"네- 알고 있어요, 엄마!
제가 얼마나 기대하는 대회인데
벌써 친구를 모델로 섭외까지 해놓았는걸요.
떠나는 날, 배타기 전에 엄마한테 톡도 드렸잖아요.
드레스 미니가 아니고 롱드레스라고요.
수학여행에서 돌아오면 바로 대회인데
엄마랑 나랑 주고받던 말 잘 기억하고 있어요."

딸내미의 손때가 묻은 매니큐어가 서랍에 그대로 남아 있다.
혜경이 언니가 치우지 못하게 해서 이것만은 지금도 가지런히 놓여 있다.
딸내미가 가끔씩 와서 예쁘게 칠도 해보고 가면 좋겠는데….

매니큐어

서랍 속 각양각색 조그만 병들
주인을 기다리는 걸까.
길게 목을 빼고 있다.
한 번씩 어지럽게 왼쪽으로 돌려준다.
"야, 신난다 우리세상."
길쭉하니 예쁜 손톱
곱디고운 조각보 깔아주고
뭉툭하니 양말 속 발톱들
화려한 조각보를 간다.

빨간 조각보 하얀 물방울
똑 똑 똑 떨구고
파란 조각보에 노란 하트
사랑하는 마음 그리고
주황 조각보에 연두 사과 올려놓았다.
"엄마 예쁘지?"
"언니 마음에 들어?"
세심한 손놀림의 주인 손길
오늘도 기다리고 있다.
서랍 속에서

시간이 흐를수록 새록새록 떠오르는 딸내미 얼굴에 그리움의 산은
높아만 간다. 이제 만 17세의 생일을 맞는다. 축하 받아야 할 주인공은 없고
슬프게 주인공 없는 생일을 맞는 가족은 마음은 미어지고 미어진다.

딸의 생일

2014년 12월 5일 아침
캄캄한 어둠 속의 벽지
총총히 빛나는 별
서서히 밤이 걷히는 새벽.
일어나서 첫마디
"생일 축하해".
주인공 없는 생일이다.
미역을 씻다가 눈물이
수돗물처럼 주르륵 흘러내린다.
하얀 쌀을 씻을 땐
"엄마, 잡곡밥이 아니네?"
좋아하며 웃던 딸내미 얼굴
그렁그렁한 눈물이 물속에 비친다.

아침 생일상에 올린 미역국
밥그릇 수북이 담긴 흰 쌀밥
"엄마 밥 이거 다 안 먹어도 되지?"
네 목소리 귓전에 맴돈다.
"오늘은 작은딸 네 생일이야, 생일!
너, 살짝 다녀갔니?
엄마도 작은딸 생일미역국은 먹어야지."

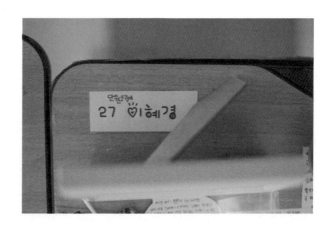

딸이 따뜻한 봄바람이 되어 내가 있는 이곳을 왔다 가는 모습을
그려본다. 엄마를 안아주고 또 안아주었다고 그린다.

보이는 생각

작은 넌 어디에 있을까.
봄바람 따스한 햇살 입혀
봉긋한 꽃망울에 다가가 예쁘게 입 맞춘다.
피우지 못한 꿈 꽃망울 피우고 싶어
"그래 엄마는 보고 있어."
나뭇가지 새순에 다가가 살짝 흔들어 준다.
"응, 보인다."
엄마 냄새 맡고 싶어 휘익 감는다.
"사랑해 엄마."

벚꽃 활짝 핀 교정이 생각나 한 아름 담아 들다가
친구들과 웃던 그 자리 잊지 못해
햇빛 드리워진 네 책상에 살그머니 머문다.
너를 생각하는 마음들 바람결에 묻고
너의 따뜻하고 배려하는 마음
봄바람 햇살 타고 지나간 후에는
꽃 피고 연두색 잎이 나온다.
엄마는 따뜻한 바람결을 맞는다.

새벽 아침

새벽에 밥을 앉혀놓고
방문이 열린 네 방을 보았지.
그리곤 살며시 옆에 누웠지
비염이 있어 잠잘 때
가끔은 숨고르기 불편한 모습
엄마는 네 코 끝에 얼굴을
가슴에 손을 살며시 얹고
고른 숨을 확인했지.

몸 비비적거리면
'기지개 하자' 하고
엉덩이에 엄마 입대며
푸푸 길게 숨 내쉬던
고등학생 딸내미에게
엄마 마음 아낌없이 주었던 새벽

눈

애들아 눈 온다, 모이자.
단톡방이 숨 가쁘게 노크 한다. 카톡카톡….
밤사이 하얗게 내린 눈
누가 먼저 보았을까?
환한 웃음으로 장갑 낀 두 손 호호 입가에 댄다.
나 봐. 맨손이야, 호호호 입김 쐬지.
아무도 내딛지 않은 눈밭, 첫 발은 누가 딛지?
백설기 만들 떡가루를 서로 흩뿌린다.
단맛재료 설탕가게 차리자 설탕이요-.
아이, 손 시리다 시려-.
깨끗한 소금 한 포대 담아갈까나 히히.
엄마한테 혼날 걸.
애들아 나무를 봐.
나뭇가지는 따뜻한 솜이불이어서 움츠리지 않지.
우린 하얀 눈 위에 누워 키를 재보자.
하나, 둘, 셋, 곧은 가지마냥 눈밭에 드러눕는다.
어느새 발자국 없던 공터는 난장판으로 지저분해진다.
손은 벌겋게 얼고 발도 동동
설경이 예쁜 눈꽃을 피웠듯
금. 구. 모 우리 아이들
하얀 겨울 눈 내린 날
깨끗하고 꾸미지 않은 우정 설국을

찬기 가득 머금은 얼굴로 아름다운 웃음 날렸던
오늘처럼 발길 닿지 않은 저 눈밭을
서로 엉켰던 지난 추억들이 있었겠지.
엄마의 눈으로 아이들의 설국을 그린다.

미안하다 금. 구. 모
어린 딸

발길이 닿는 길을 걸으며 언제나 생각이 난다.
이 길이 아이를 만날 수 있는 문으로 연결된 길이라면 뒤도 돌아보지 않고
갈 텐데…. 있을 수 없는 상상을 한다.
남들은 바보라고 하겠지만, 그들은 내가 아니니 알 수가 없을 뿐….

길을 걸으며

아카시아 향기 코끝에 닿을 때도
장맛비 우산을 비집고 내 몸 적실 때도
바람심술이 짓궂게 살짝만 장난 칠 때도
가로수 노란 은행잎 비를 물들일 때도
울퉁불퉁 블록, 저하고 싶은 징검다리 되어준
4.16 이후 마주친 길

그 길을 걸으며 외친다.
혜경아 혜경아
얼마만큼 다가왔을까?
너에게 갈 수 있는 거리의 간격
걷는 발걸음 수만큼 길을 접고 있는데
얼마만큼 가까워졌을까?
어제도 오늘도 내일도 매일 진행형

등하굣길이던 길. 핸드폰 들고 친구들과 웃으며 지나쳤을 길.
잰걸음 재촉도 하였을 길.
그중 함께 걷던 친구도 피우지 못한 꽃망울이 되었지.

화정천을 걷다

딸이 내 앞에서 먼저 걸어간다.
그 발자국 날아가기 전
얼른 다가가 내 발을 살며시 포갠다.
부드러운 밤바람과
희미한 빛 속 하얗고 노란 야생화들
물고기들이 첨벙대는 개천
단원고 길목까지 길섶 친구가 된 화정천
보고 싶은 딸도 느끼며 보고 있을까.

딸내미 발 크기가 엄마랑 비슷해
앞서는 딸 발꿈치 들리자마자
재빨리 엄마 발자국 포개 놓으니
꼭 맞는 운동화 신어보는 것 같다.
딸내미, 한번 뒤돌아보렴.
아빠가 무거운 가방 메게.
눈을 감아도 캄캄한 밤에도
내 눈앞에는 네 모습이 앞선다.
화정천에도 네 자취가 묻어 있구나.

또 다시 봄

소중한 사랑이 그립다.
그리움 철철 넘치는
해빙기 맞은 깊은 산골짜기
때 묻지 않은 맑은 물
낙수 소리 유수 소리처럼
그리운 어린 딸 만나는 눈물이구나.

소중한 사랑이 그립다.
덩그러니 움푹 폐인 어린 딸의 빈자리
해빙기 만난 봄이란 얄궂음은
따스한 비결을 미친 듯 풀어헤쳐
소리 없이 자연의 빈자리 채우는데
그리운 어린 딸 빈자리는 눈물이구나.

소중한 사랑이 가슴에 사무친다.
쿵쿵쿵 쿵쿵
어미 가슴 쳐대며
내 안에 자리한 예쁜 널 깨워도
아픔만 안겨준 어린 딸 모습이 멍울멍울 일뿐
이른 봄날 기교마냥 되돌릴 수 없는
그리운 어린 딸 멍울멍울 눈물이구나.

꽃을 보거든

꽃이 핀다.
그래 꽃이 피네.
근데 눈물꽃 알고 있니?
꽃이 예쁘다.
그래 눈길 닿도록
가던 발길 잡도록 예쁘니?
근데 눈물꽃 알고 있니?
꽃비 내리네.
그래 한 잎 두 잎 나부끼는 꽃잎
가만히 서서 온몸 꽃비 화사하게 적실 때
근데 알고 있니? 눈물꽃

꽃이 핀다고
꽃이 예쁘다고
꽃비 내린다고
음색파장 호들갑스럽게 간드러지는 길
세상이 웃을 때
거기에도 웃으며 서 있었다.
꽃보다 아름다운 내 어린 딸
눈물꽃 되어 아프게 쓰러진다.

4부

언니의 1,000일

버스 차창에 비쳐진 내 모습
너와 내가 서로 인정하기 싫었던
지난 기억들이 문득 보인다.
겹쳐져 포개지는 내 얼굴
너랑 나랑 닮아 보인다.
사진을 찾아가며 또 보았지.
이거야! 진짜 나랑 닮은 것 같다.

너희들 쌍둥이니?
둘이 서 있으면 사람들이 물었지.
우린 서로 쳐다 보며, 어디가 닮았다고?
동시에 반문했었지.
그때는 왜 그리 닮았다는 걸 싫어했을까.
넌 그 이유를 아니?
나도 왜 그랬는지 몰라.
아마도 우린 서로 닮지 않았다고
생각해서 그랬겠지.

오늘이 너와 헤어진 지 1,000일
난 혼자서 너와 나눴던 대화를
하나씩 떠올려보고 있어.
자기만의 생각을 고집하던 우리 둘

그런 게 철없던 아름다움이지.

잘 있지?
너에게 그리움을 보낸다.

너를 낳으러 병원에 가던 날 그리고 네가 태어나던 날이
아직도 기억에 생생하게 저장되었다.
어르며 내 손이 수억 수만 번 닿았을 시간이 고스란히 그 공간에
갇혀 있는데. 보고 싶구나. 너도 엄마 보고 싶지?

만남

12월 5일.
겨울 찬바람에 진눈깨비 내리던 날
신비의 세계에서 찾아온 축복의 만남
밤낮으로 얼굴을 보여주었다.
이름 부르며 수다스럽게 말을 걸었다.
'엄마'하며 웃어줄 때는 함박웃음 날렸다.
'이쁜 짓 하네' 하며
어르고 매만진 내 손끝
이런 너와의 만남
이젠 영영 가질 수 없구나.

수학여행 가기 전 알게 된 취미.
정말이지 셜록홈즈의 책을 좋아할 줄은 몰랐다. 탐정추리소설을 좋아하다니. 어떤
계기로 좋아했을까? 그것도 묻지 못하고 그저 책을 쌓아놓고 재미있다고 하던 얘기
만 귀에 쏙 들어왔다.
청소년기에 딸의 정서와 취향을 이해하고 배려해주지 못해
지금도 너무 미안하고 미안하다.

크리스마스 선물

내 딸아, 메리크리스마스~!
기억하고 있을까, 어린 시절 성탄절
넌 방에 트리장식도 하고 양말도 머리맡에 놓고 잤지.
우리 옛이야기는 실타래처럼 풀려
딸이 있는 세상까지 사랑이 점화되어
여기 교실 책상 위에 책 한권 놓였다

'보이니? 셜록홈즈의 탐정소설'

수학여행 가기 전 입원하며
한 아름 빌려온 책더미
거실에 누워 책을 보았지.
"딸, 이런 책 좋아해?"
"응, 엄마 재밌어~!"

그때 처음 알게 된 딸의 취미
난 크리스마스 때 서점에 들러
딸의 눈과 생각으로
셜록홈즈의 탐정소설을 샀다.
"딸이 읽고 나면 엄마가 읽어볼게.
크리스마스 선물이야.
사랑해~!"

긍이는 제일 먼저 일어난다. 서로가 아침 시간에 겹치지 않게 씻기 위해서다.
가녀린 체구에 꾸미고 싶은 여고생의 마음을 한껏 기분에 실어
아침 등교시간을 맞추는 그 모습을 오늘도 그려본다.
엄마가 우리 긍이 모습 그리고 있는 것처럼 너도 쉬고 있는 그곳에서 오늘처럼 여
고생 시절의 모습을 그대로 하고 있는 거지?

그리움

아침에 눈 뜨면 보인다.
깨끗하게 씻고 있는 모습
어깨에 닿는 머리
헤어드라이 바람결을 입힌다.
밥상을 차리면 보인다.
피곤해서 수척하게 앉았구나.
깔끄러운 밥알 입 안에 굴린다.
억지춘향 한술 뜨는 모습

언니가 화장 할 때 보인다.
화장 솜에 스킨 살짝
살얼음마냥 베이스메이크업 한 꺼풀
성냥개비 올릴 속눈썹 한 번 더 '뷰러'
작은 입술엔 '립밤'.
출근 현관에서 보인다.
단정한 교복 가방 메고
신발장 거울 앞 소녀 모습 찍고
"나 간다~."
"잘 다녀와~."
소리 뒤로한 채 닫히는 문

추락

사랑하는 나의 어린 예쁜 딸
그리움은 어찌 입 밖으로 내뱉어도
가슴 끓이며 너를 떠올려 안아도
세상이란 이곳에는 정말
죄 많은 엄마랑 손 맞잡을 수 없으니
그리움의 나락이 천 길 낭떠러지보다 더 길구나….

변화

한여름 밤이다.
집안에 들여지는 바깥 바람결
양쪽 무릎을 세워
두 팔 걸쳐 손목을 맞잡았다.
끈적끈적하던 이놈의 몸뚱이 이내 가셔진다.
생각은 '시원하다'에 마침표 찍는데
입 밖으로는 튀어나오지 않는다.

눈가에선 눈물이 스르르 스르르
거실에 들어온 바람결
더위는 씻겨주고 가지만
커다란 시련을 겪은 어미의 눈물
그 바람결은 담아가지 못한다.

시원한 바람결이 몸에 부딪힐 때마다
눈물은 더욱 흐른다.
미안하고 미안하기에
사랑하는 어린 딸 혜경이를 잃고
일상에서 변하게 되는 한 부분이다.

무제

벚꽃나무 아래에 있다.
이름 모를 풀
뿌리내린 자리에 꼿꼿이
여기는 내 영역이라는 듯
해마다 땅속을 비집고
세상 밖 집인 양 찾아든다,

꽃가루 이불도 덮어본다.
봄비 젖은 꽃향수 흠뻑 머금고
따끔따끔 햇살자락
남의 가지에 걸러 입고
짙은 초록색으로 빛난다.
제 모습 뽐내고 싶어
바람의 손아귀도 매섭지 않다.
휘영휘영 너울너울

보잘 것 없는 이놈의 풀
올해도 왔구나.
오가며 닿는 시야가 거슬린다.
내겐 기다려도 오지 못하는
어린 자식이 있건만….

보이지 않는 길

겉껍질만 입혀진 무딘 가지
땅속에서 세상을 보는 눈을 틔우는데, 보이지 않는다.
형형색색 만개한 꽃, 작렬하는 여름 아래 눈부신데
그곳의 길은 보이지 않는다.
울긋불긋 낙엽 떨어진 길
바람 뒤엉켜 훌훌 날아도, 길은 보이지 않는다.
눈이 내려 천지가 새하얗게 밝아져도
길은 보이지 않는다.

안타까운 마음만 터질 것 같다.
이리도 만나보고 싶은데
만날 수 없음을 알면서도
나 자신에게 떼를 쓴다.
되돌릴 수 없는 길을 두어해 반 넘겼고
딸 방에서 사랑해, 정말 보고 싶다며
조석으로 엄마 손 맞닿은 길,
두어해 반을 걷는다.
너랑 나랑 슬픈 길을 만나
참으로 미안하구나 혜경아….

2016.6.13(월).
딸을 내 가슴에 안아주었다.

안아주다

그리움과 보고 싶은 마음이
엄마 가슴 깊숙이 자리하고
엄마 뇌리에 새겨져
한없이 번져가는 어린 딸의 그림자
안아주었다.
혜경아– 부르며 와락 껴안고
온몸으로 *꼬-옥 꼬-옥.*

잠깐의 만남은 생생하다.
반가움의 격한 포옹
가슴에 입혀
잠이 깨었어도 선명하다.
교복 입은 모습
어린 딸과 나는
꿈이란 카메라 셔터에
그렇게 한 장면을 찍었다.

마지막 수업

아름다운 여고생의 마지막 수업
아빠 엄마 눈물로 대신합니다.
울지 않으려고 하면 할수록
서러움이 더욱 복받칩니다.
웃으며 찡긋하던 혜경이가 닿았을 손길
책상과 의자마다 쓰다듬어 봅니다.
모서리와 책상 속까지 엄마 손길 겹쳐봅니다.
단원고 교실에서의 마지막 수업

수학여행 떠난 후
낭랑한 목소리가 잠재워진 교실
칠판 가득히 쓰이고 덧씌워진 이름
밝혀야 할 과제로 숙제가 남겨졌습니다.
책상에 놓인 국화꽃, 그리움의 글들로
침묵의 수업이 흘렀고
'보고 싶다, 사랑해, 돌아와 줘….'
이런 글들로 대신한 교실수업
마지막 수업입니다.

피맺힌 아이의 눈물
안간힘, 절규, 공포와 고통
학교란 곳은 생각이라도 해보았을까.

감싸 안아주어야 할 학생을
내쳐버리는 학교가 되었습니다.
양심을 저버린 이기주의가 만연한 곳….

살아남은 자의 슬픔

밀려오는 공포
참혹한 고통에 맞서 사투를 벌인 촌각
엄마인데도 난 아무것도 해준 것이 없다.
대신 아파해 주지도 않았지.
얼마나 힘들었을까.
그날 그 안을 찾는다.
마음은 전광석화
수십 번을 그날로 날아가 딸을 구출해온다.

딸과의 이별을 시린 사랑이 더 옭아맨다.
내 입에 음식이 있을 때
다 닳아진 신발 버리고 새 것 살 때
옷가지 하나 고심 끝에 사 입을 때
직장에서 나 때문에 피해 주지 않으려고
일부러 어울려 웃을 때
미안하고 또 미안하기 짝이 없다.

딸과의 이별은 금기어들의 시작이기도 했다.
추울 때 '춥다'거나 아플 때 '아프다'거나
이런 말들은 가능한 꾹 참는다.

미안하고 또 너무 많이 미안해서….

나는 지금 살아 숨 쉬고 있는가.

버텨내야하는 세월에

올해 2월, 서울시청 광장으로 거대한 고래가 지나갈 때 지하 갤러리에는 세월호 엄마들이 뜨개질을 하고 있었다. 내 눈에는 고래 속에 상처받은 304명의 아이들이 타고 있는 것처럼 보였고, 지하갤러리에는 세월호 엄마들의 바늘이 아이들의 찢어진 영혼과 자신들의 부서진 마음을 한 땀씩 꿰매고 있는 것처럼 보였다. 실타래는 아이들의 심장이다. 그 실타래에서 한없이 풀려나오는 실은 엄마들의 하염없는 그리움이다. 그 그리움의 실을 타고 엄마들은 오늘도 아이들 곁으로 간다.

이 시집 역시 펜으로 쓴 뜨개질이다. 펜은 뾰족하고 실타래는 둥글다. 엄마의 손끝이 뾰족한 것을 둥글게 만든다. 상처받아 뾰족했던 아이들의 영혼이 엄마의 손끝에서 마침내 둥근 무지개처럼 떠오른다. 그러기까지에는 엄마들은 수백 번도 더 피를 토하며 혼절을 거듭했을 것이다. 단원고 2학년 2반 이혜경 학생. 그 엄마 유인애씨가 피눈물로 쓴 이 시집에서는 칼로 천천히 살점을 도려내고 천천히 뼈를 긁는 소리가 들린다. 아이는 한 번 죽지만 엄마는 수백번 죽는다. 그래서 흔히 자식을 먼저 보내는 슬픔을 '참척'이라 한다. 하지만 세월호의 경우는 그 참척의 고통 이상이다. 내 자식이 내 눈앞에서 죽어가는 것. 물속으로 천천히 가라앉는 배와 배를 삼킨 잔잔한 바다를 속절없이 보고만 있어야 한다는 고통…. 그것은 극형을 넘어 천형일지도 모르기 때문이다. 또 그런 극한의 고통을 겪은 엄마의 시집을 본다는 것은 누구든 잔잔한 일상에서는 또 하나의 형벌일지도 모른다.

머뭇머뭇 시집을 펼치자 내 피가 하늘로 올라간다.
'세상을 등지고 싶다'는 엄마는 '계속 추워도 좋으니 봄이 오지 않았으면 좋겠다'고 하고, 푸른 하늘과 벚꽃도 '엄마 혼자만 봐서 미안'하고, 생일 아침엔 '미역을 씻는데 주르륵 눈물이 수돗물처럼' 쏟아지고, 크리스마스 땐 서점 가서 평소 딸이 탐독했던 셜록홈즈의 탐정추리소설을 가득 사와 읽고, 눈 내리면 딸의 깜찍한 행동대로 '눈사람을 만들어 오래 보려고 냉동실에' 보관하고, '눈에 보이는 것마다 가는 곳마다 분향소'

로 보인다.

또 수시로 '장롱 깊숙이 신생아 때 입었던 배냇저고리를 꺼내 가만히 얼굴을 대보며 17년 전 묻어있던 아기 냄새를 맡'고, '어린 자식 앞세운 죄어미도 대신해주지 못'해 '절벽에서 서로 꼭 끌어안고 떨어지길 빌어'보고, 아이 사망신고하던 날 '내 손으로 너를 지워야하는 죄책감에 하염없이 눈물이 손에 쥔 용지를 적'시고, '탁 치니 억'하고 죽은 박종철의 누나가 지금도 동생이 좋아했던 하얀 우유를 먹지 못하듯 '우리 가족도 수박을 포크에 찍어 해맑게 웃으며 먹던 딸내미가 생각나' 한 번도 여름에 수박을 먹은 적이 없다. 그런 애틋한 딸에 그런 애틋한 엄마였다.

올해도 어김없이 봄이 왔고 4월 그날도 왔다. 한 걸음 내딛기 전에 먼저 꺾이는 무릎부터 버텨내야하는 세월이었다. 진실은 침몰했고 살 한 점, 뼈 한 조각 만져본 게 전부였다. 대통령은 탄핵되었지만 세월호는 탄핵되지 않았다. 세상은 잠 시 바뀌었지만 엄마들의 세상은 잠시도 바뀌지 않았다. 하물며 아이들의 영혼은 어떠하랴. 이게 현실이다. 세상은 강자가 약해져서 바뀌는 게 아니라 약자가 강해져야 바뀐다. 하늘로 올라가는 피를 자세히 보니, 그것은 내 피가 아니라 이 시집의 시들이었다.

이산하(시인)

너에게 그리움을 보낸다

초판 1쇄 발행 2017년 8월 11일
초판 2쇄 발행 2018년 4월 16일

지은이 유인애
펴낸이 이재교

편집 권미강
디자인 김상철 이정은 김해니
제작 신사고하이테크(주)

펴낸곳 굿플러스커뮤니케이션즈(주)
출판등록 2013년 5월 7일 제2013-000136호
주소 서울시 마포구 동교로 17길 51 4층~5층
대표전화 02-6080-9858 팩스 0505-115-5245
이메일 goodplusbook@gmail.com
페이스북 www.facebook.com/goodplusbook
ISBN 979-11-85818-28-3 03810